雲また雲

清岳こう

思潮社

雲また雲

清岳こう

思潮社

雲また雲

清岳こう

もくじ

第一章

第二章

第三章

装画「鳥取砂丘」＝定直都
装幀＝思潮社装幀室

雲また雲

目をさまし

夜明け前へと窓をひらく
低くつらなる屋根をつたい
細くうねる路地をたどり
忍びよってきた笛の音
ひとふし
ふたふし

さて
それから
笛の音は
どこへ旅立ったものやら

この安宿を出て
私も旅立つ
雲をわたり熱風をつっきり
雪山と追いつ追われつ
トイレットペーパー　カップラーメン
疲労回復の干しなつめを背に
水分補給のきゅうりの袋を片手に
やっぱり臭い山羊肉をかきわけ

さて
それから
どこに行きつくやら

第一章

山

また　山は
天から駆けくだり
山　また　山は
はるかな谷底へとなだれ落ち

ここでは　誰もがうつむく
足元だけを見て歩く
罐詰のお粥　酸っぱい林檎を両肩に
言葉をしずめて歩く
頭をたれ人間界へもどる道をさがす

うつむいて日をすごせば

ここにも花は咲いていて
はごろもぐさ
くもいなずな
せんにんそう

木造船が

ずらりと横っ腹をさらし
潮風になぶられている

海の伝言を聞いてしまった血族が
千年の昔　この海流を東へと渡ったらしい

今夜あたり
また　誰かが故郷を捨てるだろう

長蛇の列に並び

満州里《マンチョウリイ》までの列車に乗りこむ
ほこりの舞うベッド
垢でかたくなった毛布
西瓜のきれっぱし
卵の殻も道づれに
シベリア鉄道の乗換駅へと向かう

視界360度
何もないを見に行く

長距離列車で

子供は何人でも産めるし
専業主婦という仕事もある
大声でしきりにうらやましがられ

「幸福」な日本人　それもいい気がして
三日三晩揺られ揺りもどされるだけの旅
しばらく「幸福」な女になることにした

でも　皿洗いも掃除もしない
料理は夫の方が上手い
口喧嘩だって負けはしない
男は愛嬌　女は度胸よ
車掌たちは笑いはじけ　笑いころげ

見上げれば

空飛ぶ男だった
すじ雲のロープにちょいと滑車を引っかけ
竹籠を背おい一瞬にして激流を飛びこえ

昔　むかし
兵士達に追いつめられ追いこめられ
とうとう鳥になり
手紙を受けとる時　砂糖　塩がいる時
怒江《ヌウチャン》のこちら岸へ飛んでくる

たわみうねりながら向こう岸へと帰る男に手をふった
こちら岸で憂き世と縁をきれぬ意気地なしのまま

オロチョン族の村で

西瓜を水筒がわりに助手席にのせ
たおれた電柱くずれた石橋をのりこえ
髪をかきあげれば砂粒が音たてて落ち
上着をはらえば土ぼこりが舞いたつ

「男も女も瑪瑙《めのう》を探しに川へ出かけた」
役場の漢族はそっけなく
ダンスホールの裏には
軒先まで酒精《アルコール》62度の空瓶が積みあげられ
白樺細工の愛らしい工芸家は
恋人と行方をくらましたという

もはや
猟銃をこわきに獣道をたどる若者はいないという

静けさのよどみに　人口35人
じゃが芋とうもろこしも育たぬ土地
滅びを待つだけの

夏のうすい光につつまれ
野いばら　ひとむれ

行く春の

春のゆくえを訪ねてみれば
豚　馬　あひるがうろつく泥道の
千万の桐の蕾につつまれた山ふところ

行く春の　春のゆくえを訪ねてみれば
死のかけらを取りこぼした女が
殺意の引き金をためらった女が
ひっそりと竈《かまど》の火をかきたてていて
うす紫の涙壺が爛漫とひろがる村

窓もない　ほの暗い平屋
ちらつくテレビにがたぴしのテーブル

切り株のまな板に古びた菜切庖丁
錆まみれのパイプベッドの枕元には
はちきれそうな赤ん坊の絵が色あせめくれ

色あせめくれ　ささくれた暮らしから
水くみと高粱飯と密告に身を縮めるしかなかった
生涯を閉じこめられた女達があちらこちらで火の手をあげている
そのゆらめきを誰も気づきはしないが
空にけむる焔を誰も振りあおいだりはしないが

ロシア人のナターシャが目くばせをし
ポーランド人のヴィラが眼で応え
私は山蔭を指ささずにはおれない

家を焼き払った者だけにくっきりと姿をあらわす桐の村がある

黄花《きすげ》の蕾を食べて

夕暮れに素足を踏みいれ
気がつけば黒河《アムール》を渡っていた
帝政ロシア時代の建物のつらなり
大小の丸屋根のかさなり
いくつもの飾り窓を目印に
ふくらはぎを冷やし膝頭をぬらし
振りかえれば国境を越えていた

昏い森蔭で待っていた犬橇に飛び乗る
右に左に全身でバランスを取りながら
振り落とされまいとさらに鞭を鳴らす
博奕打たちの怒鳴り声も国境警備隊の銃声も

一瞬にして飛びさる

そして
私は二度と姿を現さない
野に点々と灯りをともす黄花を食べたせい
雄しべの毒を抜かぬまま葡萄種《グレープシード》の油で炒めたせい

木枯らしが鳴る

森にはひょろりと高い松ばかり
斜面には松から松へと動く人影

恋人が見つめた瞳を
愛らしいえくぼを
おしゃべりな唇を
やわらかな太ももを
立ったりしゃがんだりしているうちに
いつの間にかとり落としてしまったらしい
手にしているのは大袋いっぱいの松ぼっくり

これが　ここで生きるということ

星のまたたきもしばれる夜
お婆さんの家の暖炉では松ぼっくりがほんのり明るみ
ロシア渡りのサモワールが湯気をあげるだろう

青空市場で

ひしゃげた桃色
かたくなな緑色
ひねこびた黄色
どれもこれもが無愛想で
孫悟空が盗み喰いしたのは
このうちのどれだったのか
手にずしりと甘い水蜜桃でないのは確かで

とうもろこしは小粒でねばり
生姜は不細工ですじばり
何もかもが勝手気ままな育ちぶり
人間の口にはいることなんか

茄子も蓮根も計算には入れていない

ここでは
誰もが
大地のおこぼれをちょうだいして
どうにか命をつないでいる

落葉松の

林の中に立つと
嵐を縫いとった刺繡針が
雷鳴を綴じつけた刺繡針が
夕陽にきらめき　夕陽にまたたき落ちてくる　おちてくる

すべてを脱ぎすて垂直に立つ一本一本
零下30度をやり過ごすにはこれしかない
太古からのとりきめだ

ウルムチで

雲のはて空のはて　山にとざされ風にとざされ
まつろわぬ族《やから》の笛ひとふし　別れの歌
この地に春の風など吹きはしないのに
この砦に都の便りなど舞いこみはしないのに＊

若者が口づてに教えてくれた唐の詩一篇
どうして　笛のしらべなどに立ちつくしてしまったのか
旅の疲れに　三日月なども見上げる時があるかもしれないが
たちまちに眠りこみ老いかがまってしまうというのに

＊王之渙作「涼州詞」（黄河遠上白雲間／一片孤城萬仞山／羌笛何須怨楊柳／春風不渡玉門關）清岳訳

「湖水」

太陽を呑みこんだ疾風怒濤を
百獣をかくまった深山幽谷を
数千年来の思い出を磨きだされ
土産物売り場に石の置物

「砂嵐」「万里」「大河」の前に立ち
わき腹をそっと撫でてみる
ろっ骨の裏側に溜めていた涙が
したたり落ちてはいまいか　と

八十三歳

裸馬の尻に柳の鞭をあて
たちまちに草原と空の間で点となり消えた男を待っている

ある日
それは竈《かまど》に牛の糞を投げこんでいる時かもしれない
大釜で羊のあばら骨を茹でている時かもしれない
一本の鋭い矢となって包《パオ》に飛び込んでくる若者を今日も待っている
牛奶茶《ミルクティ》をどんぶり鉢になみなみと注ぎ　ほほえみを浮かべ

ホロンバイル草原

右半球に羊の群
左半球に牛の群
昨日も今日もきれいさっぱりと断ちきり
神々の絵筆はみずみずしい

第二章

砂

また　砂　また　砂
砂が波うち　砂が波だち
駱駝の頭蓋骨が風にさらされ陽にゆらめき
トラックが横だおしのまま半分呑みこまれ

とつぜん
たった一筋の道が切断されていて
すばやく黒衣たちが群がって来る
誰もが眼だけを出し手には編みかけのセーター
小金を受けとると大柄の一人が黙って棒きれをはずす

ふりかえれば

砂　また　砂　また　砂
砂のさざ波がかすみ
砂の大波がけむり
日干し煉瓦の家が
浮きつ沈みつしていて

とにかく
ここら一帯は女たちの領分
政治からも国境からも遠い
女たちの手作りの関所

あかりを消して

手さぐりで掛け布団をめくる　古代王朝の王妃が使っていたベッドだ　後宮の美女千人二千人三千人に埋もれ忘れられた　オアシスから歌いあふれたきらめきが　葡萄棚の下で踊るこもれびが　許婚の汗のにおいが忘れられなかった　ふっくら桃の頬でうつむいていた　ミモザ色の髪で旅だつ雁ばかりを丸窓から見おくった　幼い王妃がふるさとへの道を閉ざされくずおれていった　くすぶる煙迫る火をかいくぐった巨大なベッドだ

ベッドの端から足を入れると　かすかな痛みがはしり荒削りの材木に触れた　黒い森だ森の樹が全身で揺れたわみ　樹々があわだつ向こうには雪原が広がり　広がる雪原を走るトナカイの群と　トナカイの群と平行に駆ける狼が見え隠れし　狼は永久凍土の主となって遠吠えをし　遠吠えからはきららの息があがり　狼は甘い肉をあきらめたりはしないだろう　雪けむりが青くかすんでは　また碧く雪けむりがまい

ベッドの端に横たわると　スプリングが弱り真ん中に沼が隠れていた　底なし沼だ　沼は錆のにおいに重く沈み　揺れしなう水草は肌になめらかに耳元にやさしく　しかし　沼の底には激しい水流が走っていて　たちまち　手に絡みつき足に纏わりつき

子どものころも人里はなれた谷間に沼があった　大人達が昼寝をしている隙にぬけだし　炎天に白く乾いた道をたどり　あのまま沼のたおやかな手招きのままになっていたら　沼の両腕にとろりうつらと目をとじていたら安らかな一生だったろうに

沼底の激しい水流から逃れてみれば　水面には空行く雲と山影ばかり　今日まで生きのびてきたというのに　弱虫小虫の私は森に迷いこみたくなくて身をかたくする　狼に香ばしい血を嗅ぎつけられたくなくて息を殺す　寝返りを打ったはずみに底なし沼に転がりおちないように　目をつぶる　眠ったふりをする　安らかに眠っているふりをする

森の奥　沼の底ではミモザ色にたゆたいたゆたう髪で　龍王の妃が私の半身を今日も待ちつづけている

その女に気がついたのは

夜も明けようとする頃だった
女はベッドの真ん中から抜き手をきって浮かびあがり
私が深い眠りに身を浸しているのを見はからい
柔らかにくびれた足首を観音開きの窓から踏みだすのだった
その踵はいくぶんかささくれていて
散りこぼれる長い髪を片手で押さえながら
うすら寒い空へと足を伸ばすたびに
太股の奥のぬくもりに柘榴の花びらがこまかく揺れ

夜も明けようとする濃い闇をかいくぐり
女はなつかしい男の部屋へと漂いだし
けれど　女はけっして男のもとへはたどり着けない

日本へと続く平原はかぎりなく凍てつき凍みわたり
日本へと向かう山なみはいくえにも立ちはだかり
氷に囲いこまれ　人はうずくまるしかない土地なのだ

柘榴が一筋の炎となっても
短夜の重なり　花は実を結ぶわけではなかった
夜があけるたびに硬いいくつもの花首が地面にころがり
朝露にしめった地面は輝きをまし

明日も　私は私を見て見ぬふりをするだろう

目覚めると

そこは風の森だった
ひとあしふたあしと踏みこみ
淡くしなう木々の枝をはらい
さらに踏みこんでいくうちに
森が私を激しく憎悪しているのを感じた
白銀のざわめきをかざした樹々に
踏みまよいさまよいするうちに
森が私を殺そうとしているのが判った
膚につめたく若者のかおりがしたから

でも　森は山刀も熊ん蜂も毒蛇も持ってはいない
だから　森はこわくない

かたわらには４ＷＤ３５００ＣＣの車だってある
これさえあれば　ある日とつぜん冬となり
視界ゼロの支配下になっても大丈夫

こわくないから　もっと奥に入っていく
歩いても歩いても白樺の樹ばかりで
ほの白く燃える幹のつらなりは
しかし　低温発火のまま痩せた土地に倒れふし
倒れふしても腐敗発酵さえこばみ
白樺の輪郭のまま白樺で横たわっているのだった

と　力つき倒れふしていたはずの白銀のざわめきが
いっせいに空へと伸び狂おしく雲を呼び
恋しい者を呼ぶ声がゆすり上がりわき上がり
雪原へとはいずりだし

今日も　私は私の胎内をさまよっている

恋文

荒々しい声に叩きおこされた
中空をさまよい咆えてはかけだし
吼えてはさまよう鎮めようもない野生
シベリアの平原から大河の消えるかなたまで
モンゴルの平原から地平線のけぶるはるかまで

ロシアヒバの森を揺すり
ポプラの並木を吹きなぶり
ドラム罐を転がし窓ガラスを叩きわり
身にまとっているものといえば
枯葉まじり小枝まじりのマントひとつ

あの旅人ならば届けてくれるかもしれない
文字にできぬ私の思いさえ野生のうなりにして

日本の秋のおわり
男は胸底の沼をすこし波立たせるかもしれない
あ　虎落笛《もがりぶえ》が鳴る　と

波頭をこえて

地平のはて天空のかなたまで海原

翡翠のうねりを
紫紺の波だちを
真っぷたつに割り近づいてくるもの
たてがみを振りたて駆けてくるもの
たちまちに迫る漆黒
首から胸へ胸から前足へと絞られた筋肉
高く盛りあがった尻からは湯気がたち
口元からは唾が泡となってしたたり

日本海のとどろきどよもす波を泳ぎわたり

流れ星が盗人星《ぬすっとぼし》が音たててうろつく街をつっきり
百年来千年来続く　この寂寥のはてにまで
蹄を鳴らし低くいななき追ってきたというのか

漆黒の馬よ
草のしぶきを横だおしになぎたおし泥やなぎの波を蹴ちらし
野あざみの姫百合の筆りんどうの花々を踏みしだき
息を荒らげ全身を波打たせ
私をとらえて離さぬがいい

ここでなら　鬼神の目も届くまい

天と地のあわいを

女が歩いている
草木も砂粒もとうろり睡る昼さがり
くたびれた解放軍の服を着こみ
筋ばり骨ばった脛を引きずり
背中の布袋に押しつぶされよろめきながら

あの女　どこかで見たことがある
垢まみれの表情の下に隠れているもの
やわらかな頰の曲線　ほそい首筋
少女のころから憧れだった繊細なものたち

母よ　あなたは　まだ　この世をさ迷っていたのか

杏の形に開いた瞳に光があるのでかろうじて正気らしいが
「幸福」への執着でふくらんだ大袋を道ずれに

母よ　あなたの側に駆け寄ることができない
母よ　かたく凍えたあなたの躰を抱きしめることができない
私も　また　ひびわれた爪　血のにじむ足を引きずる旅人
私も　また　日に日に重くなる布袋を背にしている旅人

女が歩きつづけている
そそけた髪を燃えあがらせ
鳥も飛ばぬ炎天と灼けた大地のあわいを

野次馬にまぎれ

昼寝の最中　それは足元から飛んできた　ぐうたら亭主の寄生虫　女がさけべば男はどなりかえし　女がわめけば男はおどしにかかり　でも　寄生虫氏の反論は押されまくり叩きつぶされそうになり　私はベッドからソファ　ソファから机へとうろつく　床下から機関銃で乱射されている気になる　この国で女は言いたいことは大声で言うのだ　大声で涙も流さず　寄生虫が洗濯物も干さず朝っぱらから麻雀なんぞにうつつをぬかし夕飯のしたくはどうした　と

安食堂のほの暗い蛍光灯の下から　木の椅子がいくつも放り投げられ　背もたれもない木っ端のような椅子が道に散らばり　男は小突きまわされ　首根っこをつかまれ　見物衆の輪の中へ叩きだされ　麵棒でしこたま撲られ　二度と来るな　どん亀野郎　と　ちょいといかしたどん亀野郎氏は　頭をかかえ肩をすぼめそそくさと逃げるしかなく　この国で女は腕ずくも辞さないのだ　世間体などかまっちゃおれない　手のベラーメン一杯四十五円

で子どもを育てているんだ　と

孔先生はメガネをずり上げ　体を乗り出し　バスから飛び降り　泥棒猫と叫んだ　満州皇帝最後の城・偽宮《ウェイコン》の老人もランニングシャツのまま料金徴収所から飛びだし　小鼻子《こすからい日本人》からは十倍取ったって足りないとわめき譲らず　炎天下　交渉は長引き　私は途方にくれる　むしろ逃げだしたくなる　が　孔先生は口角泡を飛ばし　とっくに戦争は終わったのだ平和な時代なのだと一撃　泥棒猫氏はしぶしぶピンハネをあきらめ　この国で女は道理にあわないことには一歩も引かない　吹き出す汗にまみれ　手を振りまわし

くされ卵のふぬけ野郎！　人だかりの後に隠れていたというのに今度は私の番だった　大陸の砂にまみれ大陸の砂に脚をとられ　蜃気楼となって姿をくらましっちまいたいなどと　少女趣味のピーマン頭！　あげくに　不整脈・慢性動悸の旧式心臓までひっぱたかれ

湿度15%

汗をかくでもなし泣くわけでもなし
けれど　刻一刻と血が粘りはじめていて
刻一刻と血が濃くなっていくのがわかる
病原体の入りやすい体になっていくのがわかる

二両つなぎのおんぼろバスがチチハルから二昼夜かけてたどりつく
二段ベッドからくたびれた毛布や出稼ぎの男や女の手脚をたらし
長距離列車にはチェコやハンガリーからの買い出し部隊が殺到する
セーター・ジーンズでふくれあがったビニールシートのバッグがひしめき
ジャンパーをズボンを足で踏み棒でたたき詰めこんだ麻袋が押しあいへしあい
石炭と揚げ油と八角・香草で明け暮れる

この街角にしみついた臭いに息がつまりそうになる
そこで　アカシアの木蔭で切り売りのハミ瓜を買う
半月型の水分に唇をあてればふいに呼び起こされる希望
私の帰りを指折りかぞえて待つ者がいるかもしれない
などと

昨日までの記憶がうずく人々の間にまじり
とつぜん　父を母を奪われた
兄弟姉妹とちりぢりになった
大陸をさまよった人々にまじり
辺境育ちのオレンジ色
激しく輝くハミ瓜にかぶりつく

荒々しい太陽に炙りころがされ
ばかげた夢はふり捨てる

ちょっと残念

道に迷ったと言われても
道に迷ったと眺めても
東西南北　雲の峰
羊や牛に尋ねるわけにもいかず
寂しい草が枯れがれにそよぐばかり

どうせドラマが始まるのだったら
満天の星の下　渋い中年とがよかったのに
あいかわらずの無計画ぶりに舌うちし

草っ原を掻きわけ掻きわけ
ささやかな包《パオ》にたどり着けば

竈《かまど》に乾かした牛の糞がほうりこまれ
大鍋に搾りたての牛乳が沸きたち
牛の糞を摑んだ手で粗いお茶の葉が投げこまれ

もう一杯どうぞ　もう一杯どうぞ　と勧められるままに
どんぶり三杯の牛乳茶で鼻っ先まであたたまり
どうにでもなるようになるさになり
帰り道は迷わなかった

女神たちの村

花房*から男が朝もやの中へ帰っていく　男が誰なのか少年なのか隣村の男かハンサムか金持ちかまったく分からないし問題にもならない　問題なのは女に気にいられたのか身も心もともに燃えたのか　ただそれだけだ　花房で心地よくめざめた女は湖に浮かんだ朝焼けをすくう

村の祭のダンスの輪の中で　男達はこまやかな足踏みをし　なよやかに身をひるがえし握った指と指とで合図をかわし　寝そべる番犬を手なづけ　花房の窓からしのびこみ花房の窓から通いつめ　通ってすっかり馴染みとなっても油断大敵　かつて女に贈ったプレゼントが窓に下げられ　ぶうらっぶらりと風に揺れ　ぶうらっぶららと月影に揺れたその日がかぎり　恨みっこなし　去る者は追わず来る者は拒まず　花房では新しい男が安らかな寝息をたて　また新しい男が満月と共にやってくる　通う男が多いほどたいした女だ女の中の女だとうやまわれ　たいした女　女の中の女は一族にたくさんの子供をもたら

し　多くの働き手を生み出し　一族の女達は家を離れることはなく豊かな実入りを約束し　一族の男達は夜だけ家を離れ必ず朝方には戻ってくる　女達の兄弟が子供を育てしつけ　少年少女達は母親・婆さまの名は知っていても父親の名は顔も知らぬし知る必要もない

母なる山のふもと母なる湖の島にはラマ教の寺があり　祭の一日　小船がいっせいに寺をめざす　湖をすべり島をめざし寺をめざし女をめざす　精悍な表情威風堂々の女をめざす精子達

くたびれたスポンジ丸出しの座席にしがみつき　右になげられ左にとびあがり　胃腸返しの峠をくだり　尻の皮を赤剝けにされ　急流をわたり崖崩にはばまれ　麗江の町からバスでまる二日がかり　ジャガイモの花がいちめんに薄く揺れている　わずかな小魚がとれる　チベット族ホイ族タイ族リス族チワン族ひしめく国境の　さらに奥　はるかな時代戦いにつぐ戦いからのがれ　女達が創った　すれちがう少年達が男達がはにかみうつむく摩梭人《モウソウレン》の村

＊花房　女性が成人に達すると与えられる個室

ひとり旅

今日がひとしずくの夕陽になってしたたり落ちる
したたり落ちる一瞬に身を乗り出しすぎたのか
大麦小麦のざわめきざわつきを飛びこえ
龍に呑みこまれ　呑みこまれて空を翔んでいた

龍のわき腹　わき腹の斜め上
心臓に最も近いところに身を横たえたが
寒気が弁慶の泣き処を噛み
冷気が腰のくぼみを舐め
いくつもの地吹雪をさかのぼっているのだった

龍の心臓に最も近いところで

血の気のうせた指先をこすりにこすりこすり過ぎ
鋭い爪が隠しようもなくあらわになり
くろがねの苔むす鱗がひしめきあい
興安嶺上空　風速40ｍをくぐりぬけ

よくよく眺めれば
頭の上になびく蓮の花茎
耳元まで裂けた火を噴く口
しなやかに大気を打つ全身

これはこれで美しい私の姿なのだった

第三章

岩

また　岩
また　岩がそそりたち
雪豹を手なずけ
山ひだ　また　山ひだ
また　山ひだがせりあがり
銀河を引きよせ

雲をひっかぶり　雨のふりをし
雪のふりをして　雷のとどろきになり
稲妻になり　霧になり　氷雨になり
かすみにまぎれ

男神が天翔けってくる道がある
木も草も花も拒む
激しい気性の姫君のもとへと

ぶらぶら歩けば

いつの間にか松花江はトラックでわたれなくなり
巨大な氷の塊が無数にうっちゃらかしにされ

公園の空には　鷲の　蜻蛉の　蝶の　さまざまな凧
やがて来る季節のたよりを探しもとめ
はるかまで使者を飛ばす老人　少年　恋人たち

私の指先にも　空の糸電話から刻一刻とたよりが届く
おまえがどんな土地にいても約束を忘れたりはしない
と　春が

白酒《パイチュウ》で乾杯

吹きっさらしの河岸に寝っころがり両手両脚をひろげ
生まれたての太陽を全身でつかまえている緑
今夜はたんぽぽのフレッシュサラダ
なまくら者に大地の極上の苦味

ゲシュタポちゃん

運動場をつっきって出勤してくる腕の振り方
職員宿舎受付の高い椅子に座っている背筋
たわいもない冗談に笑った時の片頬

どう隠したって　こぼれてもれる素性
底光りのする目はやけに仕事熱心で
ボブ先生が酔っぱらって階段で階段の形で寝ていたことも
アーニャ先生があこがれの真っ赤なジャケットをどうやって手に入れたかも
キム先生が戦争責任をめぐり詰問　激論　口論のあげく
ソファをひっくり返し机を投げドアを蹴破り部屋をめちゃめちゃにしたことも
ひとつ漏らさず記録し誰かさんに報告しているにちがいなかった

私の部屋にどこの誰が訪ねて来たか
何時から何時まで居座っていたか
何回笑い声を立てたか
どんなひそひそ話をしたか
夜ふけの寝言まで筒抜けにちがいなかった

でも　大丈夫
ゲシュタポちゃんといえども
私の肩甲骨に住んでいる反骨の男の横顔までは覗けない
私の胎内で話しこむ強靭な精神の男の咽喉仏までは潜りこめない

引っ立てられて

うつむいた頬にはうぶ毛がひかり
さしだされた右手はごつごつと瘠せて
住宅管理局から頼まれたのだ　と合鍵を後ろ手に

日本語の授業からもどれば
応接間のベッドルームの床はみがかれ風呂桶もあらわれ
台所の油よごれはなくなりごみ箱もからっぽで

ついでに
私の机の中も片付けたのだろう
旅先で撮った花のフィルムはどこかに消えたまま
泥棒市場で撮ったフィルムまで持ちだされたまま

今ごろ
ライラックは清らかな香で満開になっているだろうか
ブルーポピーは独りしずかに雪山を見上げているだろうか
ほこりを被っていたアルミの鍋は売れただろうか
黒山の人だかりに囲まれ
湯呑ひとつの値切り合戦でやらかしたばか騒ぎは
尾ひれをつけられ路地裏を歩いているだろうか

百数十年前

あこがれたのは明治維新
血で血をあらうこともあったが
京の街も江戸城まわりも焼野原にならず
近代国家の始まり

あこがれが絶望を呼んだ国がある
引っ立てられた皇帝*に許されたのは
湖のむこうの改革の声を湖にさんざめく戦の音を
小さな窓からながめるだけの日々

皇帝が君臨しつづける国で
今日も　あこがれを捨てない若者達がいる

*光緒帝　西太后に幽閉される

数十年前

期待の星が香港ルートで逃亡した
知ることが身の危険をよぶ国がある
とり残されたのは新婚の妻だった
もう一人とり残されていたのは小さな魚
魚は産声をあげこの世に泳ぎだし

あれから期待の星はパリへジュネーブへとのがれ
ブータンの刑務所で一年を過ごし
カナダ政府に引きとられたのち音信不通
知ることが苦しみになる青年がいる

あれもこれもひっくるめ　あれもこれもひっかかえ
生きていくしかない国がある

放課後

「中国人は中国人をたたく」
李は窓いっぱいの夕焼けへと踏みだし
たちまち　漆黒

日本人も日本人をたたく
世界中の人は世界中の人をたたく
うつむくしかない　私
しかし　これは歴史上の話ではない
これはテレビのドラマではない

うつむいたままでも　こぶしは握れるだろう
あかね色の教室のドアを後手で閉める

怒江《ヌウチャン》

いく百いく千の韋駄天となって
岩にぶつかり　岩におどりかかり
逆流し　うずまき　のたうち　水けむりをあげ
恋をうしなった伝説に身をやき

それでも
長江をめざし駆けだしていく
渤海をめざし駆けくだっていく
ヒマラヤの万年雪
ひとすじの泥の河となって

おしゃべりな天井

私の部屋の上には若い女性が住んでいる　だから　私の部屋の天井は若い女性のうわさ話ばかりする　ほら　アーニャがこんな夜ふけに料理を始めた　まな板の上で庖丁でリズムを取り　水道の栓を盛大華麗に開き　油がかすかに焦げる匂い　何か刻むものがあるのはすてきなことだ　キャベツだけでもなかなかなものなのに　まして　トマトに塩漬けの肉　玉ねぎに新鮮な卵　ただそれだけで楽しいのだ

ほら　アーニャが小走りになった　台所から応接間へと　大皿小皿をならべ　今夜はチーズだってある　エレンがニューヨークから送ってもらったのを私に半ポンド分けてくれ私がアーニャにさらに半分切り分けたナチュラルチーズ　それにあの歩きっぷり　足音たてて歩きまわっている　誰に気がねすることもない　誰かが　見知らぬ屈強な男達が　突然　深夜のドアをノックしたり　地下深く消える階段へとひったてたりもしない　ただそれだけで心うきたつのだ

もうすぐ　哈爾濱《はるびん》発08：28の国際列車に乗りこまねばならないのだから　アルミのたよりないスプーンにプラスチックのコップ　少しゆがんでナイフ・フォークを使うたびにがたつく皿　何冊かの絵本　それらいっさいがっさいを巨大な荷物にくくりあげ　五月でも雪がまう国境の町ベルゴンチャロフへと帰って行かねばならないのだから　離婚した後に生まれた二歳の息子が待っている毎日へ　セーターのほころびを繕い白樺の薪で寒さをしのぐ　大学の給料はパンを買うのがやっとの生活へ

私の部屋の天井はおしゃべりだ　だから　私の部屋の天井は幸福になりたい女性のうわさ話ばかりする　ほら　アーニャがこんな深夜に独りでダンスのステップを踏み始めた

いい女

自分より稼ぎが悪いから
料理が下手だから　と
夫を捨てっちまって

捨てっちまわれた夫が通ると
アパートのみんなが肩をすくめ
唇に指をたて　わき腹をつっつきあう

王さんは捨てっちまった夫を
さっそうと追いぬいて出勤していく
ライラックのかおる道
筋肉隆々の有望株の若者と手をつないで

職場旅行で

そっぽを向きたくなる女・英語教師の劉
トイレ料金徴収係の婆さまをだまし
目の見えぬ乞食の椀に小石を放りこみ

ホテルへの道が不安でそっぽも向けずいっしょに歩いた
「街角に麻薬の密売人がひそんでいるかも」と闇に眼をこらす
「退職したら葡萄棚の木蔭で読書三昧がしたい」と星を見上げる

もっと平穏な時代　もっと牧歌的な時代に生まれていたら
あんがい　ロマンチックで空想好き　いい友人になれたかもしれない
タイ国境の深夜の町をいっしょに迷いながら楽しいかもしれない

長ねぎを一本

「くれ!!」と手を出され
あわてて買い物袋の長ねぎを女に渡した
女はうす汚れた指で土のついた皮を引っぱり
一本のつややかな光にかじりついた
かじりつきながら悠々と街の喧噪に消えた
ここ山東・青島あたりでは長ねぎを生で喰うのだ
ねぎを喰うようになって人を喰わなくなった
そんな民話もあったが

「くれ!!」と血にまみれた爪を出す
「よこせ!!」と骨と皮の腕を伸ばす
「かえせ!!」と数万数億のこぶしを挙げる

これがこの国のやり方この国の歴史なのだ
砂あらしがほえる深夜
「くれ!!」と泥まみれの手をまっすぐに出す
雨風がふきあれる夕まぐれ
「よこせ!!」と皺にまみれた腕を激しく伸ばす
寒気冷気がおしよせる明け方
「かえせ!!」と数千数万のこぶしをつき挙げる
直腸《テッポウ》を　第二胃袋《ハチノス》を　心臓《ココロ》を　と

これが人間のやり方人間の歴史なのだ

棚田を歩けば

峰から峰をわたりうずまいていた龍のうろこに
ぼたん色のチワン族の上着がちらばり
今日は　稲刈りびより
歌声わたれば　こだましてたゆたい

山ひだから山ひだをまたぐ龍のうろこに
大きな頭巾をはためかせリス族がやってくる
今日あたり　あけびの紫も揺れているだろう
牛追う姿に　道野辺の草もなびく

漢族に追われせまられ　なお　こばみつづけ
空を耕やすうろこの重なり

空に届くひつじの連なりに
刺繍もあざやかなキョウ族がせおい籠で登ってくる
今日あたり　石梨・山柿も食べごろだろう

地すべりの谷間に粟　稗　とうもろこしを育て
やせ地の薬草　きのこ　わらびにすがり
白龍　青龍　黄龍たちの背にまたがり
千年をたゆたって
娘達

鶏をぶらさげ

太った鶏を逆さまにぶらさげ
冬瓜の巨きな輪切りを棒にさし肩にかつぎ
息子が前に父親が後になり坂道を登って行く

鶏のくちばしでつつかれても
冬瓜が肩先にあたっても
親子は平気の平左と笑っている

今夜は冬瓜のスープに鶏の揚げ煮ゆでたてのピーナッツも並ぶだろう

何といっても一家そろってのごちそうだ

野の道を

十重《とえ》二十重《はたえ》の山ふところ
こんな山里になぜお住まいかと聞かれたが
桃の花びらは流れにのってどこまでも
恋しい人のもとへもまいります＊

おさないソプラノは青菜の籠を抱え
つややかなアルトは鍬を肩にかけ
母と娘は李白仙人とともに夕餉の方へと歩いていく

＊李白作「山中問答」（問余何意栖碧山／笑而不答心自閑／桃花流水窅然去／別有天地非人間）清岳訳

ビールを冷やし

泰然自若とぶらさがっていたへちまで烈風炒め
豊満華麗と咲いたかぼちゃの花で太陽サラダ
月下夢想と開いたオクラの花で酔っぱらいおひたし

ふりむけば
濃密な闇をせおい純粋無垢のひとり暮らし
熱帯夜もけっこう楽し　である

宇宙の底で

こおろぎ鈴虫馬おい鉦たたきキリギリス
枕元までうねりよせうねりたつ命の炸裂

幸福

お天道様が畑の縁から顔を出すと
馬に鋤を牽かせまっすぐ耕して行き
女房が小麦の種をまきながらついて行く
お天道様が頭の上に昇るころ
馬に鋤を牽かせまっすぐ耕してもどり
女房が小麦の種をまきながらついて行く
やがて　お天道様は畑のむこうにゆったりと沈む

こうして　一生が暮れていく村もあった

*

詩人だから

野良犬は詩を吠える
黒猫は詩で予言する
雀は詩で危険を報せあう

詩人は咽喉の奥で怒りをつぶやく
詩人は言葉をうねらせる
詩人は沈黙や空白で時代を刻印する

詩人は世間とうまくいかなくて当然だ
詩人は世俗と交わらないのが洒落ている
「孤高の」とか「奇人変人」とか「清貧の」となるとなかなかのものだ

でも　詩人は人間だから詩人なのだ
詩人が龍のように岩屋に閉じこめられたままだと
新しい詩は天空へと飛びたてない
詩人がどっかへしょっぴかれ心臓とか肝臓とか腎臓とかを斬り盗られ
誰かの心臓とか肝臓とか腎臓とかになったら
「反骨の」「不可解な」「芸術的な」詩は発信できない
人間でいるにはカッコつけてばかりはおれない
飲んだくれてばかりではおれない時がある

あとがき

コロナ禍のただ中、日々、体温、のどの痛み、嗅覚・味覚の変化に神経をすり減らす暮らしとなりました。

しかし、よくよく目を凝らし、耳をそばだてていると、個人的な肉体のあれこれよりもっと気になることが世界のいたる所で発生し、増殖しているようです。それは国、民族、階層、性別によるものだけでなく、もっと巨大な何か、正体のはっきりせぬ何かのようです。コロナ禍は科学の力でいつかは終息、あるいはウイルスとの共存になるかもしれませんが、こちらの方はどうでしょうか。詩を書く者の一人として、せめて、感性のアンテナだけは高くかかげていたいと思います。

本詩集はかつて中国の哈爾濱、桂林の大学で暮らした日々から生まれました。道ばたの野菜売りの婆ちゃん、食堂のおばちゃん、酒屋の兄ちゃん、警察官達とのおしゃべり、詩のモチーフはいくらでもありました。また、学生や同僚達との会話の数々も胸に刻みこまれました。「中国人は中国人をたたく」もそのひとつです。即座に私の体内から「日本人は日本人をたたく」「世界中の人は世界中の人をたたく」というフレーズが湧きあがりました。
『雲また雲』を、掴みどころのない、しかし、刻々と千変万化する世界の、今日的なアレゴリーとして心にとめていただければ幸いです。

本詩集発行にあたり、表紙絵画を提供していただいた福岡時代以来のかけがえのない友人、定直都さんに謝意を表します。また、急遽出版のご相談をしたにもかかわらず、懇切な助言をいただいた思潮社の遠藤みどりさん、装幀を担当して下さった和泉紗理さんに感謝いたします。

二〇二一年六月吉日

清岳こう

清岳こう（きよたけ　こう）

一九五〇年熊本県生まれ。

京都、滋賀、福岡、長崎、高知、中国（哈爾濱、桂林）に在住。

詩集に『浮気《ふけ》町・車輛進入禁止』、『天南星の食卓から』（第十回富田砕花賞）、『白鷺になれるかもしれない』、『風ふけば風』、『マグニチュード9・0』、『春　みちのく』、『九十九風』、『つらつら椿』、『眠る男』など。

日本文藝家協会・日本歌曲協会会員、日本現代詩歌文学館振興会評議委員。

現代詩講座「とんてんかん」、現代文化講座「玉東るねさんす」主宰。

現住所
九八九—三一二三　宮城県仙台市青葉区錦ケ丘六—一六—九
E-mail　kiyotaketsubaki@yahoo.co.jp
YouTube「タイガーポエム」チャンネルで詩の朗読を発信中

雲《くも》また雲《くも》

著者
清岳《きよたけ》こう
発行者
小田久郎
発行所
株式会社思潮社
〒一六二―〇八四二　東京都新宿区市谷砂土原町三―十五
電話＝〇三（五八〇五）七五〇一（営業）
〇三（三二六七）八一四一（編集）
印刷・製本
創栄図書印刷株式会社
発行日
二〇二一年十月一日